KB018780

별 하나를 가슴에 안고

별 하나를 가슴에 안고

김종분 시집

뱅크북

시인의 말

생은 산고로 시작되고 바람 잘 날 없다.

어찌 인간에게만 그러하겠는가?
삼라만상이 다 그러하리라.

인간의 고통이나 봄 여름 가을 겨울 사계절을 통해 겪
는 자연계의 고통도 다를 바 없으리라.

봄에 싹이 나서 여름의 뙤약볕 아래 땀 흘리고 가을의
무서리를 견디고 겨울의 혹한을 견뎌내야 한다.

하나의 나무가 숲이 되고 꽃이 되고 열매를 맺기까지
건너뛸 수 있는 과정은 하나도 없다.

고통받는 연약한 것들을 위로하고 싶었다. 연약하고
시린 것들에 관심을 쏟고 보잘 것 없고 이름 없는 것들
을 노래하고 싶었다.

그러한 것들에 대해 사소한 관심이 내부에 흐르는 시를 쓰고 싶었다.

언급된 꽃이나 비나 구름이나 세월이나 바람이나 어느 것 하나 할 것 없이 나에게는 다 소중한 시와 생의 평생 친구들이다.

그것들이 외로움과 쓸쓸함과 슬픔이 기쁨으로 거듭나기를 응원한다.

오늘 기쁨의 사원에 도달하기 위해 슬픔이 강을 기꺼이 건넌다.

"울지마라 꽃들아 꽃 같은 그대들아"

2021 봄, 草英 김종분

목차

제5부 보이지 않는 위로

제1부
꽃이 나에게 가르쳐 준 것들

언약

사랑하는 그대여
우리 서로 꽃이 되자
가지는 바람에 흔들려도
뿌리는 깊게 내리는 꽃이 되자

사랑하는 그대여
우리 서로 창문이 되자
얼굴은 볼 수 없어
꽃밭을 향하여 마주 보는 창문이 되자

사랑하는 그대여
우리 서로 발자국이 되자
손은 잡을 수는 없어도
같은 꽃길을 걸어가는 발자국이 되자

사랑하는 그대여
우리 서로 낙엽이 되자
언젠가는 떠나가도
그리운 꽃무덤에서
다시 만나는 낙엽이 되자

사랑하는 그대여
우리 서로 깃발이 되자
가난한 이웃들에게
꽃 한 송이 흔들어 주는 깃발이 되자.

사랑 꽃

세상의 모든 것은 사랑이다
도서관을 메운 수많은 책들도
사랑이란 두 글자를 뛰어넘지 못 한다

하나님도 사랑을
입으로 다 할 수 없어
경전 하나를 남겨주었다

사랑이 눈멀까 봐
꽃은 향기로 눈을 닦고
사랑이 귀먹을까 봐
바다는 소금으로 귀를 닦고
사랑이 흐려질까 봐
구르는 돌은 먼지를 털지 않는다

사랑을 할 때는
영혼의 등불을 켜고
하얀 새를 만나야 한다

그 등불이 켜진 마을의 우물가에
도란도란 둘러 앉아 모닥불을 피우면
사랑은 착한 생의 빛으로 타오르고
그 광채에 휩쓸려 세상은 꽃이 된다

세상의 모든 것은 사랑이다
세상의 모든 것은 황홀한 사랑 꽃이다.

상처도 행복이다

별들은 안아주지 않아도 제빛으로 어둠을 보듬고
바람은 밀어주지 않아도 제힘으로 산으로 올라가고
꽃들은 가르쳐 주지 않아도 제 향기로 세상을 섬긴다

상처 없이 굵어진 마디 어디 있으랴
짓밟히지 않고 피는 꽃 어디 있으랴

수압을 터트린 아픔으로 싹은 자라고
제 잎을 갉아 먹은 상처로 꽃이 피지 아니한가
상처를 보듬으면 행복이다.

새날

겨울새 떠난 강변을 거닐어 보면 안다
그것들의 빈자리가 얼마나 외롭고 쓸쓸한지를
강물에 발목을 담가 보면 안다
그것들의 물살이 그대를 얼마나 껴안고 싶어 하는지를

흙탕물 찌든 신발만 떠내려 보낸 이 강물에
내가 서 있을 수 있는 순도의 시간은 얼마쯤인가
미움과 질투 투성이만 흘려보낸 이 강물에
내가 버틸 수 있는 오만의 한계는 어디쯤인가

누구든 강의 형상은 허물어 버릴 수 없지만
강의 흐름만은 바꿔놓을 수 있다
강의 흐름은 바꿔놓을 수 없다면
강 건너가는 그림자의 뒷모습은 바꿔놓을 수 있다

나 이제 겨울 산골짜기 옹달샘으로 올라가
저 물살이 바다에 이르기 전
새 옹달샘에서 새 강이 되어 흐르게 하리라
새 강물에 젖어 새날이 되어 흐르게 하리라.

꽃이 나에게 가르쳐 준 것들

힘들어도 힘차게 살기
뿌리부터 뻗기
허공에 상처내지 않기
집 없어도 둥지 내주기

이불이 없으면
그리움 덮고 자고
그대 안 오면 별을 보고
그대 떠나면 강물 소리 듣고 살다가

아름다운
황혼의 새벽으로
머물다 가라 하네.

매화 피다

매화마을 4단지 앞
젊은 부부의 손수레에서
고구마 익는 냄새 가득하다

쪽방 같은 통 속
칸칸에 하나씩
노릇노릇 익어간다

어둠이 짙어질수록 밤하늘
매화 한 닢 또렷한데
익다 못해 타는 고구마들
껍질만큼 마음이 까매진다

봄이면 봉곳 솟을 아기와
두 칸 전세의 꿈이
추위와 드문 인적으로 파래진다

서로의 어깨를 감싸고
속삭이는 부부의 입에서
겨울을 이겨내고 피우는 매화처럼
하얀 김이 송이송이
하늘을 오른다.

해의 증언

보았네
내가 떠나는 시간
인류 절반의 탄식과 애통함을
소돔의 절규를
빛바랜 내 옷자락을
붉은 눈물에 담는 그들을

몇몇의 새 생명은
인지한 듯 울며 나를 보내고
몇몇은 흑암에서
다시는 보지 못 하리

일생을 세상에 취해
땅에 머물던 눈물
저무는 생의 끝자락에
짓무른 눈으로 나를 보노니

그들은 빛의 소멸을 보았고
나는 그들의 절규를 보았네.

달을 품다

구름이 부풀었다
무거워진 하늘이
신음을 토한다

산달 차듯 문이 열리고
양수가 쏟아진다
아무래도 난산이다

새벽부터 시작된 진통은
밤이 이슥해서야 끝났다

말갛게 속을 비운
밤하늘에
우윳빛 달덩이 하나
안겨 있다.

제1부 꽃이 나에게 가르쳐 준 것들

이 말 한마디

우리 사는 동안
사랑한다는 이 말 한마디만은 절대 잊지 말자
이 말 한마디 하기까지 한 생애 주룩주룩 찬비가 내리고
죽어 두 생에 천국의 온도가 곤두박질친다 해도
사랑한다는 이 말 한마디만은 결코 입안에 얼려두지 말자

막상 그대가 듣고 싶을 때는 내가 없고
내가 들려주고 싶을 때는 그대가 없고
그대도 있고 나도 있는데 세상은 멀리 달아나 있어도
사랑한다는 이 말 한마디는 먼저 토해놓고 살자

꽃잎 지면 숲에 물주며 봄날 기다리고
그런 뒤에 달빛 끊어지면 마음 고이 먹고
쓸쓸해지는 어둠이 오면 저녁 강 휘도는 안개가 되자
허무해지면 새 강물 속으로 돌멩이 하나 던져보자

우리 사는 동안
스쳐 간 바람의 두께와
그 바람이 머물고 간 숲의 온도는 다 기억할 수 없지만
사랑한다는 이 말 한마디만은 절대 잊지 말자
사랑한다는 이 말 한마디는 먼저 토해놓고 살자.

푸른 사랑의 노래

나 이제 사랑을 보았으므로
저녁연기처럼 부대끼며 흩어질지라도
끝내는 불꽃이라는 이름으로
지상의 거룩한 노래 하나 되리라

한 번도 멈추지 않은 바람 속으로 들어가
바람과 바람 사이의 빛나는 간격이 되리라

나 이제 사랑을 만났으므로
화석처럼 부서지고 금 갈지라도
끝내는 불멸이 되리라

그 높고 귀한 마찰로 별을 보게 하리라
그 별이 쌓아 올린 푸른 정신이 되리라

나 이제 사랑을 깨우쳤으므로
사랑 때문에 밤눈 밝아진 꽃송이도 보고
사랑 때문에 빛이 돋는 별자리도 보았으므로

은하수라는 이름으로
그대 가슴의 단추 하나 되리라
어두워지기 전에 서둘러
하늘 문소리 단단히 채워주고 가리라.

제1부 꽃이 나에게 가르쳐 준 것들

하늘을 새기다

오늘 아침 구름이 전하는
하늘의 기록을 읽으며
하늘을 나는 꿈
그 꿈에 날개를 단
두 여자의 삶을 생각합니다

그녀들은 누구보다 먼저
하늘에 꿈을 띄웠지요
권기옥이면 어떠하며
박경원이면 어떻습니까
그들이 보았던 하늘

삶의 하늘은 달랐을지라도
생의 하늘은 같았겠지요
하늘이 전부였던 그들은 다만
끝없이 펼쳐지는 하늘의 기록들을
영원히 가슴에 새기고 싶었겠지요

그녀들이 창공에서 맞이했을
아침 하늘
새 한 마리의 날갯짓
하늘의 기록에 지문을 남깁니다.

화산(火山)

얼마나 사무치기에
이토록 뜨겁게 솟구치느냐

우리 사랑도 그러하거니
내 가슴이 뜨겁지 아니하면
속살 또한 뜨겁지 아니하여
열병 한번 뜨겁게 앓고 갈 수 없나니

우리 생도 그러하거니
내 손이 뜨겁지 아니하면
내 호미도 뜨겁지 아니하여
꽃 한 송이 뜨겁게 가꾸고 갈 수 없나니

우리 시도 그러하거니
내 모음이 뜨겁지 아니하면
내 문장도 뜨겁지 아니하거니
시 한 편 뜨겁게 토해내고 갈 수 없나니

얼마나 분노했기에
이토록 작열하게 휘몰아치느냐.

꽃 차

나 지금 우러러
사랑의 기쁨을 노래하고 있는 저 별에
그대도 지금 절정의 생을 노래할 수 있다면

나 지금 눈물 흘리며
생의 슬픔을 적시고 있는 저 강물에
그대도 지금 생의 지친 발목을 적실 수 있다면

나 지금 그대 그리며
마시는 꽃차 한잔에
그대도 지금 오해를 걸러내고
이해를 우려낼 수 있다면.

천 개의 강을 보듯

달빛 강가에 서니
차오르고 저물었던
당신과의 기억
파랑(波浪)의 가슴에 굽이 치네

사람아
별이 진 자리에
새 별이 돋고
이파리 떨군 가지에
새 잎 무성해지듯
나는 세월을 믿는다

그대가 무슨 꿈을 꾸든
단지 나는
그 꿈의 중심을 헤아릴 뿐
천 개의 강을 내려보는
하나의 달을 보듯
가끔 비추는 그대를 생각한다.

부싯돌이 되어

지금 우리가 슬픈 것은
돌이 될 수 없다는 것입니다
짓밟힐수록 단단해지는 바윗돌이 되어
벽을 쌓고 담장을 쌓고 불타는 성벽 위에
깃발 하나 휘날릴 수 없다는 것입니다

이 지상 어디서나
조약돌은 굴러가고
이 바다 어디서나
그 지문들을 건져 올릴 수 있지만
지금 우리가 슬픈 것은
천년을 기다리는 망부석이 되어
물러서지 않는 직선으로 수평선만을 바라보며
어두운 밤바다 방파제 길을
홀로 걸어갈 수 없다는 것입니다

이제 우리는 한 개의 돌이 되어야 합니다
견뎌내는 한 개의 부싯돌이 되어
보석 같은 빛을 뿜어대며
그 빛을 밟고 설산을 넘어가
푸른 석등 하나 달아주고
그 빛을 타고 지붕 위로 올라가
집집마다 잠든 희망의 유산을 밝혀줘야 합니다.

도넛의 철학

도넛을 사다가
가운데가 빈 사연을 물었다

속이 없는 것이
상술인지 상생인지를 짚었다
들어낸 만큼의 가벼움과
아쉬움의 경계를 저울질했다
세상 이치에 만족 없는
몸과 마음을 확인했다

속을 비움으로써
고루 잘 익는다고
단순하지만 쉽지 않은
답을 샀다.

숲의 일가

나무는 나이를
속으로 먹는다

두 팔 벌려 잎과 꽃을 피우며
열매 맺는 일
나이가 아닌 마음에 있다 한다

너른 그늘로 쉴 곳 내어 주고
주린 배를 먹이며 사는 삶이
제대로 먹는 나이라며
묵묵히 선 자리에서 숲을 이룬다.

제2부
이렇게 좋은 날

이렇게 좋은 날
1월의 시
2월의 시
3월의 시
4월의 시
5월의 시
6월의 시
7월의 시
8월의 시
9월의 시
10월의 시
11월의 시
12월의 시
환승
달 이야기
서쪽, 생의 기록

이렇게 좋은 날

길을 걸어가면 걸어갈수록 더 걷고 싶은 길이 있다
처음 걸어보는 길이라 조금은 낯설고 서먹하지만
걸어가면 걸어갈수록 더 멀리 가고 싶은 길이 있다

만나면 만날수록 더 만나고 싶은 사람이 있다
처음 마주치는 눈빛이라 해상도는 높지 않지만
그런 사람과 같이 하면 평생 여한이 없을 것 같은 사람이 있다

창문 틈새로 손내미는 햇살 한 번 더 어루만져본다
호주머니 속의 쓸쓸함 한 번 더 더듬거려본다
뒤 따라오던 옛 그림자 한 번 더 뒤돌아본다

이렇게 좋은 날 그대의 슬픔이 나의 슬픔이고
그대의 목마름이 나의 목마름이라면 좋겠다
슬픔에 젖고 목마름으로 타오르면 좋겠다.

1월의 詩

1월에는 지난해를
돌아보지 않겠습니다
새 날에 주어진 365개의 곳간에
모자라면 모자란 대로
넘치면 넘치는 대로
소중한 하루를 채울 것입니다

빛으로 환하게 곳간을 열지만
그림자마저 사라진 어둠으로
빈 곳간을 닫을 수도 있겠지요

혹여 작심삼일이 될지라도
그 삼일만큼은 나를 온전히 바쳤다
공감하게 살 것입니다

작은 1개의 씨를 뿌리지만
아름의 12개 열매를
맺을 것입니다.

2월의 詩

2월에는
결빙의 몸보다
가슴으로 먼저 봄이 온다

얼었던 사이에
새순이 돋고
막혔던 언어마다
물관이 트인다

세상의 잠든 길에
톡톡
햇살이 잠을 깨운다.

3월의 詩

3월에는
가슴의 꽃을
피워도 좋습니다

마음의 온도는
꽃의 온도

한계를 이겨낼 때
꽃이 피듯

가난한 삶에도
마음 닫지 않은 이에게
봄소식을
전할 겁니다

당신은
봄입니다
꽃입니다.

4월의 詩

4월은
춘궁과 노도의 달
그래서
잔인하다 했나요

그래도
달 위에 저 많은 꽃들

복사꽃 냉이꽃 흰제비꽃 꽃마리꽃
금낭화 꽃잔디 살구꽃 애기똥풀꽃
산벗 물푸레나무

고사리 손 흔들며
여기 보세요
여기요

마음을 열게 하지 않나요

영롱한 별들의
반짝임으로
어둔 길 걷는 누군가의 앞길에
앞장서서 빛을 내어 주는

그래요
4월은
밤하늘 소금별처럼
꽃별이 무더기로
위로의 손을 내미는 달.

5월의 詩

오월입니다
습했던 마음의 뒤란에
당신이
꽃불처럼 번집니다

불길에 휩싸여
달뜬 마음까지
재가 된다한들 어떻습니까

당신과 나의 향기
지천으로 번져
숲이 된다한들 어떻습니까

온전히
당신이면 어떻습니까.

유월의 詩

유월입니다
가지마다 푸른 잎들이
편지지처럼 팔랑이고
초록의 기억들이
빗살무늬에 짙게 기록됩니다

물소리 새소리마저
깊어지는 유월
헤어지는 아픔보다
그리워 지새는 날들이
더 처절하듯
서른 밤이 다섯 번 지나도록
나무는 숲을 만들고
그늘을 마련했는데

우리는 무엇을 만들고
무엇을 마련하였을까요.

7월의 詩

7월에는
나를 사랑하겠습니다
지나간 여섯 달
나를 나로 만든 건
당신이기 때문입니다

온누리가
짙음으로 소란하고
마음마저 여물어 갈 때
나를 더 사랑하겠습니다

나를 사랑하는 건
당신을 온전히
사랑하는 일이기 때문입니다.

제2부 이렇게 좋은 날

8월의 詩

맨드라미가 한 움큼의
피를 토하는 8월
쉼 없이 벽을 오르던 담쟁이도
바람에 잠시 몸을 맡기고
극점의 태양은
가장 짙은 그늘을 준비합니다

이때는
열병을 앓는 사람들 마음도
지지 않는 꽃 같아서
태양의 오지를 찾아
하나의 섬으로 떠 다닙니다.

9월의 詩

하늘이 깊어지는 9월입니다
절정의 자연은
푸름과 붉음의 경계
시원과 서늘의 틈에서
촘촘해져 갑니다

지난 계절 동안 흘린
눈물과 땀의 질량으로
머지않아
어떤 이는 풍요의 곳간을
어떤 이는 빈곤의 곳간을
맞이하겠지요

9월의 밤하늘에
명징한 하나의 별처럼
우리 살아온 날들
눈물겨웠어도
빛을 잃지 않았으면 합니다.

시월의 詩

시월은
단풍과 낙엽의 계절
시월의 나뭇잎을 봅니다

떨어져 자신을 낮추는
한 잎 금화 같은 낙엽

매달려 미련을 놓지 않는
신의 눈물같은 이파리

어떤 사연으로든
철저히 붉어지고
한없이 내려놓기 좋은
시월입니다.

11월의 詩

해가 창백하므로
하루가 서럽습니다
겉치레 지운 자연은
속으로 깊어지고
뒤를 돌아보는 시간이
잦아졌습니다

남은 삶을 생각하면
허튼 후회로 지새기엔
아쉬운 날들입니다

붉은 잎이
생각을 닫고 낙하하는
내 생의 11월은
차갑게 삭아 서럽지만

마음의 불길은
잦아들 생각이 없나 봅니다.

12월의 詩

12월의 한 장 남은 달력이
마지막 잎새 같아 애잔합니다

먼저 보낸 잎들은
그달의 보편으로 삶을 남겼고
마음은 괜스레 서럽습니다

앞서 오는 후회란 없지만
달력에 쓴 글과 동그라미처럼
누군가의 마음 첫머리에
귀히 기록된 나는 있는지
돌아보면 더 서럽습니다

벽에 걸린 남은 한 잎이
빈 주머니의 온기처럼 쓸쓸하여도

식어 가는 내내
첫 잎을 마주하던 마음으로
사랑할 것입니다.

환승(換昇)

어느 곳
어느 방향이든
환승은 삶의 변수

더 나은 하루를 위해
발 닿는 곳 달라도
오르고 내린다

비우지 않고는
담을 수 없듯
내려놓지 않으면
새로움에 다다를 수 없다.

달 이야기

밤하늘 큰 등이 걸렸다
한아름 부푼 달을 보며
둥글게 모인 가족들은
가슴속 바람의 달을 내놓는다

작아도 소박한 달
채우지 못해 한쪽이 빈 달
짓물러 어둑한 그믐달
서로의 달이 되어
채워 주고 밝혀 주는 밤

아랫목에 송편처럼 누워
자식들의 달을 품던 어머니
말랑하게 잠드신다

새벽까지 달 이야기로
늦게 잠든 가족들의 얼굴
환한 달덩이 같다.

서쪽, 생의 기록

단풍이 물든다
가을이 온다는 거다
이 시절 물관을 따라
기록되는 것은
희망만은 아니어서

그 아래
분분한 붉은 주검
봉분처럼 쌓인다
부고를 전하는
나무마다 등불이다

한 철 생이지만
질 때도 저리 환해야지
넘실넘실
다음 생이 그리워지게

한 생이 피고 지는 걸
찬찬히 들여다 본 서쪽.

제3부
마음으로 돌아가는 길

양수리 노을카페

양수리 솔숲 사이 노을카페
긴 하루를 지나며
해지고 낮아진 마음들이
자박자박 문을 연다

아득한 예부터 빚은 노을 몇 잔에
두 물과 사람이
하나의 풍경이 되는 저녁녘

풍경을 보며 생각하노니
생의 마감 같은 저 노을 반대편
기쁨으로 새벽을 맞는
사람이 있듯

내게 상처 준 이들을 위해
생각 한번 저물면 그들에게
아침이 될 터인데
풍경이 될 터인데
나 그들에게 무엇이 되었던가

가슴이 먹먹한 저녁
노을의 동공이 느리게 감긴다
헤어짐이 못내 아쉬운
연인의 젖은 눈시울
양수리 노을.

양수리

양수리를 지나며
두 강물이 만나는 풍경을 본다
느리게 혹은 빠르게 돌고 넘어서며
서로의 길을 에돌아
두물머리에서 합쳐지는
그들의 방식을 본다

궁사가 활을 쏠 때
목표에 바로 향하지 않고
하늘의 뜻과 바람이 이끄는
순리의 길을 따르는 것처럼
당신에게 다다르는
내 방식 또한 다르지 않다

마음은 거친 강바닥이어도
다붓다붓 누르고 흘러 흘러
당신과 만나는
새벽녘 강물이고 싶다

두 물이 만나
긴 사연을 나누는지
물안개 가득한
새벽 양수리.

벽화마을에서

가난한 마음들은
그림으로 위로를 받나보다

소담한 창문도
색바랜 벽돌담도
지나는 행인마저
그 모습 그대로
한 폭 그림이 되었다

나 사는 동안 겪은
굴곡진 원색의 날들도
한 장 한 장
생의 밑그림이 되어
훗날 나를 추억할 때

거칠고 어설펐지만
볼만한 그림이었다고
기억될 수 있을까.

두물머리 연밭

맑은 세상
보고픈 마음
꽃진 자리 하나 하나에
샤워꼭지를 세웠나 봅니다

가을비가 어느 봄날처럼 내립니다
여름날 당당하던 기세도 꺾여
마음처럼 낮은 곳으로만 내립니다

찬바람 돌고 초동의 잎들도 소문 없이
저들끼리 돌아가는 절조(節操)의 밤입니다

그래도 눈이라도 다녀가면
옛 기억의 싸릿문에 서성이던 발걸음
하나 둘 뒤돌아 보겠지요.

드론

네 몸에
나의 마음을 단다
날 수 없는 무게의 아픔을
너로 대신한다
너를 통해
내 희망의 영역이었던
다다를 수 없는 높이와
볼 수 없었던 세상을 본다
다만
닿아서는 안 되는 높이와
보아서는 안 되는 세상을
두 리번거리지는 않겠다.

첫눈의 기억

거울을 보는 아침
흔들리는 마음에
첫눈이 내린다

내 첫눈의 기억은
사심없이 보는 처음 하늘과
목적없이 떠나는 길이 있다

목적없는 길 위에서
쌓이지 못하는 눈처럼
덧없이 흩날리는 마음
풍경을 지나치고
사람을 지나치고

키 낮은 처마 아래서
잦아드는 바람을 기다리며
눈을 털 때
목덜미로 흐르는 눈물에
집이 가족이 소소한 일상이
마음을 다독일 것이다

돌아와 다시 선 거울 앞에
두고 간 무표정한 얼굴이 있다
허나, 돌아온 마음은
하늘의 선함과
첫눈의 빛을 담아 새롭다.

잡초

잡초가 되기 위해 태어난 잡초는 없다

어쩌다 보니 잡초로 태어났지만
곧고 튼튼한 기둥 나무숲이 사라질 때도
잡초이기에 살아남을 수 있었다
버림받고 무관심의 덕택으로
살아남을 수 있었다

오늘 우리네 삶이 잡초처럼 가난하면 어떠하랴
오늘 우리네 만남이 잡초처럼
바람에 흔들리고 눈비에 쫓기면 어떠하랴

토담에 짓눌려 밤마다 우는 잡초를 보고
나는 생의 첫 용서를 배웠고
살면서 흐느껴야 할 세상의 모든 저녁별을 만났다

오늘은 참 행복한 날이다

잡초인 내가 잡초를 사랑하는
그대를 만나러 가는 날이다.

가슴으로 전하는 편지

아무 일도 없는 듯
아무 것도 아닌 듯
안부를 묻습니다

밤새 내린 비에 홀로
마음 젖지 않았는지
그대 생각에 하루가
온통 흐립니다

어설픈 위로가
헤어날 수 없는 늪이 될까
서먹서먹
에둘러 말을 건넵니다

오늘따라
하늘은 왜
이다지도 낮은지요.

길이 아닌 길

길을 내려오다가
빠른 귀가 생각에 길이 아닌
비탈에서 미끄러졌다

중력의 고통이
비켜간 신념을 꾸짖었다

살면서 마주하는 길에는
길 안의 길과
길 아닌 길이 있다

나서지 않고서는
누군가의 길이 될 수 없는 길
잘 못 이끈 한 걸음에
많은 이들을 벼랑으로 내모는
길 같은 길

미끄러질 때 패였던
산의 붉은 살갗이
가슴에 내내 따끔거린다.

물길의 내면

망망대해에도 길이 있단다
깊이와 넓이의 가늠이 없던 시절
별빛이 길이고 해가 길이었던 사람들
그들이 만든 길을 생각한다

멀리는 극과 극의 바다
혹은 울돌목과 버뮤다 삼각지대
가까이는 서해의 밀물과 썰물까지

우리 앞에 일렁이는 이 물길은
앞서간 자들의 역사
그 아픔과 좌절을 생각한다

마음의 길과 일치하지 않는
삶의 길에서 방향을 잃을 때
그 길마저도
마음의 길에 닿는 방향타임을 믿으며
오류의 길에서도 쉬지 않고
바람과 구름의 기록을 헤아리겠다.

마음으로 돌아가는 길

어디서 왔는지 모르면 어디로 갈지 몰라
경이로운 일몰의 시간마저
초조한 생의 그물이 되는 저녁

늙은 나무들이 남기고 떠난
착한 그늘에 앉아
숲이 들려주는 종소리를 듣는다

노을 사이로 안개는 흘러 더욱 숙연해지고
헛된 것을 따르던 사람들의
발걸음이 점점 끊어진다

착한 생을 증거하듯
새들은 서로 갈길을 터주고
눈먼 허공을 지혜로 다스리며
더 힘차게 솟아오른다.

그대 있기에

그대 있기에 세상이 있고
세상이 있기에 사랑이 있고
사랑이 있기에 불이 있다
꺼지면 꺼질수록 더 황홀하게 타오르는
심장의 불이 있다

그대 있기에 우주가 있고
우주가 있기에 은하수가 있고
은하수가 있기에 빛이 있다
어두우면 어두울수록 더 은은하게 빛나는
별자리의 빛이 있다

그대 있기에 세상을 살아가며
그대가 존재하는 세상을 살아가며
나쁜 것은 잊고 선한 것을 기억하며
순결한 새벽을 궁리하고 아름다운 저녁을 꿈꾼다

그대 있기에 그려놓은 우주를 바라보며
추한 것은 버리고 의로운 것을 담으며
진리의 오늘을 배우고
도리의 내일을 깨우친다

그대가 있기에 내 진정 사랑하는 그대가 있기에
이 세상 기쁘게 살다가
저 우주로 행복하게 돌아갈 것이다.

마음에 닿는 눈

사람 사이에는
볼 수 없는 사각과
보이지 않는 간극이 있다

당신과 나 사이
우리라는 핑계로
잘 안다는 잣대로
당신을 바꾸려 하지 않겠다

얼음도
초점 맞춘 대상을
불붙게 하듯
내 눈을 키우고
마음의 사각을 지워
있는 대로의 당신을 담담히 담겠다.

인연

봄날 꽃지듯
스치는 세상을 보라
사람을 보라

수천 년 어둠을 지나
눈에 담긴 별빛처럼

그의 눈 속에
당신이 있고
당신 눈 속에
그가 있지 않은가

스쳐가는 생일지라도
우리는 서로를
담고 가지 않는가

처음 보아도
낯이 익다는 말처럼
인연은 그런 것
그의 눈 속에 당신이 없다면

내 눈 속에도
그가 없지 않은 지
돌아보라.

꿈

가슴에 불을 담고 있어
아직은 가능하노라 하지

가슴에 순수를 담고 있어
아직은 아름답노라 하지

누군가 이해해 줄 거라고
편들어 줄 거라고
수심 가득 찬 나이에도
아직은 기다리노라 하지.

착한 사랑

착하게 자란 나무는
결마져도 자못 성실하다
그런 가지는 흔들려도
고요란 이름으로 독한 바람과 맞선다

착한 사람들의 눈에는 착한 전망부터 들어온다
이마는 좁아도 다면체의 빛들이 안주하고
눈물샘에도 오래된 추억들이 드나들며
그리워 먼 발치서 손짓하는
사람들의 낯빛이 출력된다

그런 사랑을 만나면
홀로 비를 맞으며 걸어도
좁은 논둑길이 더 넉넉해 보이고
그런 시인을 만나면
낯선 수은주를 바라보아도
눈사람이 생각나
포근한 목도리 하나 둘러주고 싶어진다.

한계령에서 띄우는 편지

한계령으로 가는 길은
지상에서 가장 가깝고도 멀게
차가워지는 길입니다
하늘에서 가장 낮고도 높게
뜨거워지는 길입니다

잎새들이 하나둘 시간을
떠나가고 있습니다
쏟아지는 눈송이가
생의 숲을 덮어 가고 있습니다
그대 가슴 속 고통의 물소리가
폭설경보를 재촉하고 있습니다

어떤 이는 흔들리며 가다가
골짜기에 묻히기도 하고
똑바로 서 있다가
금세 눈송이가 되어 사라지기도 합니다
또 어떤 이는 땅을 밟으며 가다가
하늘을 깨우치기도 하고
하늘로 올라가다가
자신의 몸살을 앓기도 합니다

한계령에 서면
누구나 한 번쯤은
한없이 쓰러집니다
죽은 자들은 살아남은 자들의
얼룩 하나 지우지 못 하고
살아남은 자들은 죽은 자들의
해골 조각 하나 일으켜 세우지 못 합니다
한계령으로 갑니다
머리에서 가슴을 밟고
걸어가고 걸어가다
철없이 차가워지는
남극의 바람을 만나고
실바람에서 폭풍을 이고
올라가고 올라가다 숨을 멈춘
북극의 어두운 겨울밤과 만납니다

한계령을 넘어갑니다
그대가 멀어질수록
한계령이 가까워지기에
한계령이 가까워질수록
그대가 그리워지기에
그대가 그리워질수록
하늘의 기침 소리가 뜨거워지기에.

제4부
그대는 무엇으로 우는가

그대는 무엇으로 우는가

발레리나는 발가락으로 울고
궁수는 빗나간 활시위로 울고
산은 강으로 내려가지 못 한 절벽으로 울고
소리꾼은 목청 안 끄름으로 운다

울다 지친 것들은 떠나버리고 말겠지
변해버린 것들은 사라지고 말겠지
언젠가는 빛바랜 사진첩에서
오래된 기억들도 울며 쫓겨나고 말겠지

그것들을 주워 모아 빛을 내는 별을 보며
별이 없는 대낮에도 울고 말겠지
그대에게 첫 울음을 가르쳐준 이는 누구인가
처음 그이 보다 더 구슬피 울게하는 그대는 누구인가.

오류의 길

해를 향해 걷다가
무심코 돌아보니
한없이 늘어난 그림자
발을 당기고 있다

노을을 등지고 처음 본
내 뒤의 웅숭 깊은 어둠
해를 등지는 것이
해를 향하는 것임을 느꼈다

어둠을 견딘 밤만이
새벽을 맞이 할 수 있다고
내가 먼눈으로 걸어온
오류의 길을 지우고 있다.

우리가 사는 동안

우리가 사는 동안
스쳐간 바람의 수는 다 기억할 수 없어도
용서의 기도로 두드려준 노크만은 잊지 말자

우리가 사는 동안
손톱에 꽃물들이던 봉선화는 다 셀 수 없어도
추억 속으로 잠입해간 무늬만은 잊지 말자

우리가 사는 동안
후회는 다 돌이킬 수 없어도
돌아볼수록 비뚤어진 발자국의 기울기만은 잊지 말자

우리가 사는 동안
분노로 기름 붓던 불길은 끌 수는 없어도
잡으려고 요동치던 사랑의 박동만은
잊지 말자
잊지 말자

우리가 사는 동안
떨어져도 끝도 없이 떨어져 살아가고 있음을 잊지 말자

우리가 사는 동안
그려간 음표의 길이는 다 노래 할 수 없지만
그 음표가 울려주는 희망의 길이만은 잊지 말자

우리가 사는 동안
잃어버린 미소는 다 되찾을 수 없어도
못난 자식 애태우며 참고 미소 짓다
패어 들어간 어머니 주름살의 온도만은 잊지 말자.

사랑의 깃발

진실한 사랑은 어디 있는가
어두워질수록 별들은 빛나고
멀어질수록 숲들은 경건해지지만
지상의 사랑은 너무 짧고
천상의 사랑은 너무 아득하다

생의 하루가 저물고 풀벌레들
서둘러 빈집을 떠나면
사랑이여 나는 그대 위해 꽃 한 송이 심는다

그대 심장 뛰는 소리 더 가까이 들리고
그대 눈빛 더 고결하게 타오르는 그곳에
진실한 사랑의 꽃 한 송이 심는다

두려운 오늘의 손으로
빛나는 사랑의 깃발 하나 꽂는다.

소낙비

홀연히
당신이 떠났다는 말이다

못다한 언약을 하고자
부리나케 쫓아가는
내 발걸음이다

쏜살같이 정류장을
무정차로 지나치는
당신 실은 막차다

남은 자의 마음에
깊은 골을 남긴 이별 통보다.

가을

가을엔
붉어서 좋다

높아진 하늘 보며
당신 생각으로
눈시울 붉히기 좋고
물드는 산야에 젖어
같이 붉어져서 좋다

붉어지는 건
절정의 소멸
나무는 불타는 편지를 쓰고
눈물로 붉은 열매를 맺는다

가을, 깊어질수록
멀리 풍경소리마저
적적(寂寂)하다.

망향의 노래

어떤 이는 고향이 없다
그래서 달만 보아도 운다
또 어떤 이는 하룻밤 묵을 고향집이 없다
그래서 달빛이 물든 창문만 보아도 운다

어떤 이는 고향길이 없다
그래서 길을 가다가도 운다
길이 시작되는 곳에서
잃어버린 것들의 이름을 부르며 운다
길이 갈라지는 곳에서
잊혀진 것들의 지문을 더듬으며 운다

사랑이여
나 이제 그대 위해 고향이 되리라
언제나 고향처럼 따뜻해지는 가슴이 되리라

나 이제 그대 위해 고향길이 되리라
어디서나 고향길처럼 이어지는 그리움이 되리라.

별 하나를 가슴에 안고

사랑하다 죽지 않으면 별이 될 수 없으리
별이 되어서도 죽도록 사랑할 수 없으리
진정으로 아름다운 사랑을 찾아 떠나네

진정으로 아름다운 사랑은 진리 안에 있는 까닭에
진리의 새벽을 인도해 주는 별을 따라 걷는다
별이 뜨는 강가에서 그대 오기를 기다리며
사랑 주고 돌아오는 등대 불빛을 만난다

천 번은 휘어져야 열리는 뱃길을 기다리며
더 멀리 비추지 못 해 우는 별 하나를
가슴에 안고 등대 속으로 들어가
내 몸을 비춰 본다
한 번도 만나 본 적이 없는 속살과 해후한다

어디까지가 사랑이고
어디까지가 미움인가
진정으로 아름다운 사랑은
내 몸 안에 있는 까닭에
내 몸 먼저 사랑이 되지 않으면
남도 사랑할 수 없는 까닭에

좀처럼 굽혀본 적이 없는
허리를 지옥까지 엎드리며
내 몸 안의 어둠을 태워 별 하나를 만든다.

불씨

나 그대 위해
불씨 하나 되고 싶다

깊은 밤 책장을 넘기며 지혜의 등을 밝히는
그런 작은 불씨 하나 되고 싶다

나 그대 위해
사랑의 불씨 하나 되고 싶다
잘 타기보다 오래오래 타는 불씨 하나 되고 싶다

타면 탈수록 재가 되어 되살아나고
녹으면 녹을수록 용광로 순금처럼 단단해지는
그런 사랑의 작은 불씨 하나 되고 싶다

낯선 이방으로 여행을 떠나야 비로소 집이 그리워지고
유리창이 비에 젖어야 커피 향기가 배어들듯

사랑이여
나 죽도록 너 하나 사랑하는 그대여
살아서도 한평생 죽어서도 한평생을
나 그대 위해 사랑의 작은 불씨 하나 되고 싶다.

가시

생선 가시가
목에 걸렸다

가시 돋친
말의 길을 꾸짖듯
삼키거나
뱉을 때마다
걸린 가시가 따끔하다

내 입에서 나온
말의 가시에 걸려
속으로 짓무른 마음들을
돌아보게 하는
가시의 직언(直言).

낙엽의 눈

처연한 가을 하늘
가지 끝에 이파리 하나

잎의 한쪽이
텅 비어 있다

빈 가슴에
하늘을 담기 위해
긴 날들을
흔들리며 견딘 이유였다

이제 되었다며
바람에 몸을 맡긴다.

메시아

아들은 새벽에 들어 왔다
어둠의 색채를 지고 왔다
새 날의 시작인 새벽
아들에겐 밤의 연장이다

어둠에서 별빛을 따라
메시아를 찾던 동방박사처럼
빛의 행로를 따라
이 주점 저 주점을 떠돌며
아들은 원하던 메시아를 만났을까

탕자처럼 돌아와
쓰러진 아들이 안쓰럽다

매일 토해내는 세상의 수많은 메시지
누군가는 거기서 좌절을 만나고
누군가는 메시아를 만난다

아들아
신랑을 맞는 신부의 모습으로
가슴 속을 환하게 비우고
깨어 있거라

메시아는 멀리 있지 않고
네 절실한 마음에 있음을 잊지 말아라.

버무리다

앞집에서
김치를 가져왔다

서먹했던 사이
뻣뻣했던 마음이
숨죽은 배추잎처럼
다소곳해졌다

서로의 입가에
노란 배추꽃이 피었다

김치를 나눠 담는데
버무려지지 않은
흰 속이 보인다

우리도 사는 동안
배추 따로 양념 따로
버무려지지 않은
사이 아니었을까

겉과 속 모두 창백한
억센 배추잎 아니었을까

범벅된 양념을 빈 곳에
고루 버무려 준다
마음이 아삭해진다.

가시의 눈물

흐르는 강물도 가시인 줄을
겨울 햇살을 자르는 얼음장 보며 알았다
지독한 그리움도 가시인 줄을
갈대를 쓰러뜨리는 바람을 보며 알았다

산다는 것은 가시밭길을 끝도 없이 걸어가는 것
먼저 간 사람들도 그 길을 걷다 갔고
우리들도 그 길을 걸어간다

착한 숲을 무심코 밟고 간 발자국
가시처럼 모난 상처를 보며
힘든 세월 고비마다 한 숨으로 넘긴 달력
가시처럼 찔러간 시간의 모서리를 보며
가시를 자르지 않고서도
안개는 흐를 수 있지만
유유히 헤엄쳐 다닐 수 없음을 알았다

내 눈엣가시를 뽑지 않고서도 빛은 볼 수 있지만
내 마음의 가시를 뽑지 않고서는
등 푸른 연어의 밤눈을 볼 수 없음을 알았다.

그릇되다

분리수거함에
딱지 떼지 않은
그릇이 버려져 있다
안을 보니 빗물이 담겨 있다

시작도 없이
끝날이 된 그릇

사람의 그릇된 생각이
담아야 사는 생을
그릇되게 하고 있다

살며 마음 그릇에
담지 않고 버린 인연은 없던가

충만을 넘어
과하게 담고자 하여
흘린 인연 없던가

내 갈증의 도구로
누군가를 그릇되게 한 적 없던가.

울지 마라

울지 마라 꽃들아
꽃보다 더 많이 지는 잎들아

너를 위하여 창밖에 겨울눈은
시린 잎부터 덮어주며 내리고
산정을 적시는 비는
여린 가지부터 어루만지며 내린다

아프지 마라 세월아
세월보다 더 빨리 잊혀가는 추억들아

너를 위하여 들녘에 휘도는 바람은
슬픈 기억부터 지우며 불고
허공에 추락하는 구름은
쓸쓸한 시간부터 메우며 흘러간다.

시들지 않는 꽃

시든 꽃을 치웠다
십 일이 되기 전이었다

검게 다가선 죽음이
눈에 거슬렸다

꽃은 지는데
마음은
시들 준비가 되지 않았다.

스팸

밤늦게 진동으로 설정된
전화기가 떨립니다
화면을 보니 스팸광고입니다

저런 글도 떨림이 있는데
내 글은 누구를
잠시라도 떨게 했을까요
늦은 밤 잠 못 들게
잔잔한 마음 흔들었을까요
제목만 읽고 덮지 않았을까요
쓰레기라고 욕하지 않았을까요.

제5부
보이지 않는 위로

어머니의 꽃

사랑하는 딸아
네가 자라거든 부디 꽃을 심어라
버려진 땅에 꽃을 심으면 흙도 연해지고
화난 짐승들의 발걸음도 순해진단다

사랑하는 딸아
싹틀 때까지 무슨 일이 있어도
먼 산을 바라보며 화를 참고
꽃필 때까지 깊은 바다를 생각하며 화를 녹여라

사랑하는 딸아
생이 외롭거든 꽃잎 되어라
얼어붙은 가지 떨며 기어가는 벌레들
따스하게 덮어주는 꽃잎 되어라

비바람 잘 날 없고
눈보라 휘몰아쳐도
끝끝내 밀어올리는 수액 되어라

사랑하는 딸아
아예 꽃나무 되어라
꽃처럼 아름답게 수놓는
지상의 풍경 하나 되어라.

절벽의 눈빛

세상이 험하고 힘들지라도
혼자 가지 말고 함께 손잡고 가자

평지에서 제 홀로 크는
동백나무는 키만 높지만
절벽에서 마주 보며 눈빛 나누는
동백꽃은 키도 크고 향기도 깊다

그 곳을 지나는 밤배들은
등대가 없어도 용기를 얻고
실뿌리에 성큼 자리를 내준 절벽을 보며
생이 내 것만이 아님을
학교 밖에서도 깨우치게 된다

행복이란 먼데 있는 것만은 아니다
무심코 외나무다리를 걷다가
함께 손잡고 쌍무지개 뜨는
마을로 가는 것도 행복이다

어제 내린 이슬은
오늘 내린 이슬을
밟고 지나가지 않는다

함께 부둥켜 안고
황홀한 방울로 맺혀
그립고 아득한 바다까지 간다.

한 톨의 불꽃

얼마나 뜨거운 목숨의 피로 새겨 넣었기에
쌀 한 톨 안에 한 생애가 집을 짓고
오대양이 넘쳐흐르고
온 우주가 빛날까

우리 몸속에도 새겨 넣어야 하리
힘들어도 힘차게 새겨 넣여야 하리

암세포 하나에
천만 개의 면역 세포를
절망 하나 안에
수억 만 개의 희망의 꽃을

우리 사랑 속에도 심어 넣어야 하리
용서하는 큰 그릇과
용서 받는 낮은 무릎으로
슬픔이 지나간 자리에

셀 수 없는 기쁨을
상처로 멍든 가슴에
영원한 위로의 불꽃을.

미완

피어야만 반드시 꽃은 아니다

새겨지지 못 하고 지워진
모든 흔적이 꽃이다

이어지지 못 하고 끊어진
모든 관계가 꽃이다

불러보지 못 하고 사라진
모든 이름이 꽃이다

그리워하지 못 하고 잊혀간
모든 추억이 꽃이다.

화분

근심이 오래 머문 화분일수록 흙냄새가 진하고
어둠에 갇힌 화분일수록 살색이 따뜻하다
화분 하나 되고 싶다

지상의 모든 슬픔을 적시고
천상의 기쁨을 모두 태운 화분 하나 되고 싶다

꽃이 떠나도 제자리를 지키는 화분처럼
그대의 슬픔과 기쁨을 지켜주는
화분 같이 변함없는 사랑 하나 되고 싶다.

소금 꽃

해의 언어로
태어난 시

결정이 절정을 지나
희석될 때 맛을 다하고
스스로는 지워지지만

또다른 모습의
시로 거듭 나고
빛나는 꽃별이 된다.

사육의 정석

우리는 옷과 신발이다
보아뱀이나 아나콘다처럼
매일 인간을 먹는다

인간의 사육은 쉽다
순종에 가두기 보다
순종하고 싶게 만드는 거다

그들의 욕심만 건들면
그들 스스로
먹히면 기분이 좋을 거야
멋질 거야 이쁠 거야

우리의 아가리로
몸을 집어 넣는다
제대로 먹히기 위해
스스로의 발을 묶고
허리를 매고 목을 채운다

팽팽하게 먹힌 채로 안도하며
더 큰 아가리로
들어가기 위해 사육되기 위해
새벽을 달린다.

사랑의 온도계

사랑은 행복이 아닙니다
사랑하면서 행복해지는 것입니다

자작나무 키를 재듯이
가시 혈자리 부어오른 텃밭을
향기 나는 정오의 꽃길로
가꾸어 가는 것입니다

파도는 절벽에 부딪혀
더 멀리 가는 수평선을 만들고
새들은 둥지에 덮개를 틀지 않고
가슴으로 냉기를 데우며
찬비와 친해집니다

행복은 차고 넘치는 사랑이 아니라
모자란 사랑을 덜어내어
나누어 주는 것입니다
작은 이불에 꽃말을 새겨
함께 덮고 자는 것입니다

남의 사랑을 위해
내 사랑의 불편을 조금 더 감내할수록
사랑의 온도계는 올라가
마침내 수은등처럼
착한 빛만 걸러져 방사됩니다.

보이지 않는 위로

하늘에
별이 보이지 않는다고
별이 없는 것이 아니듯

사이가 멀어졌다고
마음이 멀어졌다 생각지 말아요

우리가 견뎌낸 소박한 하루도
보이지 않는 곳에서
끝없이 우리를 비추는
뭇별이 있기 때문이죠.

나누는 삶

산은 제 살 찢어
샘을 만들고

들은 제 몸 드러내
강을 만들며

나무는 제 팔을 벌려
둥지를 만들지

숲이 되기 위해
우리 무엇을 나눌까.

구정

구정을 久情이라 읽습니다

인간에게 마지막 위안인 情
정이 모난 곳을 다듬어
원만을 이루듯
구름이 울음을 다독여
눈꽃을 만들 듯
상처가 상처에 머물지 않아
새로워지듯

지난날에
머무르지도 않겠지만
잊지도 않겠습니다.

눈물

강아지의 눈가가
젖어 있다
저 미물에게 무슨
사연이나 있을까

자신의 눈물에
사연이 있다면
다른 이의 눈물에도
어떤 아픔 있지 않을까

내 슬픔에 갇혀
남의 아픔이
쉬워 보이지 않았을까.

별

하늘을 들어낼 듯
몇 날을 비가 왔다
세상 바닥까지
우울했던 구름은
밤늦게나 걷혔다
쓸려 갔을까
떠나갔을까
먹빛 하늘을 보니
구름 사이 젖은 별들
그 모습 그대로
씻긴 쌀알처럼
희게 반짝거렸다.

시간의 동심원

생의 나이테가
촘촘해질 때마다
눈 감으면 일렁이는
고향집 맑은 우물

떨어진 이파리 하나에도
둥글게 꿈을 키우던
유년의 동심원은
아직 또렷한데

우물거리는 날들에 갇혀
펴지지 못 한 生은
늙은 나무의
골 깊은 나이테 같네.

풀숲

목이 꺾여 본 적 있는가
오늘 풀숲길을 걷다가
나를 지탱하는 발목이 꺾였다
접질린 곳에 아픔의 표식으로
한 개의 무덤이 생겼다

자기 생각을
꺾어야 할 때가 있다
육신의 목보다
더 많이 더 아프게
마음의 목을
꺾어야 할 때가 있다

격랑의 가슴이
헐벗은 채 솟는
무덤을 어루만지며
꺾였을 뿐
꺾인 게 아니라도
스스로를 다스려야 할 때가 있다.

예방주사

독감 예방주사를 맞았어요
미리 그 독을 견뎌본 거죠
독이 육체의 독을 허무는지
몸에 열이 났어요

절망을 이겨낸 사람에게
닥쳐오는 또다른 절망들은
더 이상 좌절이 아닌
희망의 싹이라 생각해요
절망의 독감(獨監)을 벗어나는
예방주사라고 생각해요.

공존의 물결

사람들 마음 속엔
파도가 있어

서로 일렁이고
물결치며
쉼없이 흔들리지

그 오류와
한계의 출렁임이
한 결 한 결
항해를 더디게 해도

종내는
그 물결이
피안의 항구로
길을 내고
닻을 내리게 하지.

건배사

자 다 함께 잔을 듭시다
삶에 지친 근로자를 위하여
일에 지친 회사원을 위하여
불효에 지친 부모님을 위하여
그리고 가사노동에
지친 주부를 위하여

자 다 함께 잔을 들고 외칩시다
어제에 지친 오늘을 위하여
땅에 지친 하늘을 위하여
육신에 지친 영혼을 위하여

자 다 함께 잔을 들고 잘한다 외칩시다
나에 지친 우리를 위하여
이 모든 것들에 지친 인생의 꽃을 위하여.

추천 글

초영 김종분 시인의 시집 <별 하나를 가슴에 안고> 첫 시집 <향기가 짙은 꽃은 가슴에 핀다> 에 이어 출간한 이번 제 2 시집 또한, 시인만의 감성과 향기가 묻어나는 시들로 이루어져 있다.

우리는 흔히 향기가 있는 시인은 멋이 있고 아름다운 예인(藝人)이라고 한다. 바로 김종분시인이야말로 미와 멋을 겸비한 시인이라 여겨지며, 이번 시집에 이러한 면모가 곳곳에 녹아 있다.

시인은 삼라만상의 자연에서 일어나는 다양한 현상과 상황을 잔잔한 율려(律呂)로 전개하면서 독자들을 인성의 심미적 근원으로 안내하는 마력적이면서도 극히 서정적인 시편들을 보이고 있다. 또한 자연친화적인 관점에서 그 신비성을 관조 및 응시하면서 존재론적 측면과 인간본성의 측면에서 자연의 섭리를 상정하는 서정시를 창작하고 있음을 볼 수 있다.

그런가 하면 한편으로는 고향을 망각하고 사는 분들의 대변자처럼 두드러진 필치로 그려낸 가슴 뭉클한 망향의 노래도 눈에 띄고 있다. 전체적으로 독자들이 부담스럽지 않게 읽을 수 있는 시들이며 다 읽고 난 뒤에는 뇌리에 시 행간의 잔상이 여운으로 깊이 남아 여러분의 감성을 자극할 것임을 단언한다.

작가의 서정적이면서도 온유한 시적 향기가 독자들에게 조금이나마 위안이 되기를 바란다.

한국문인협회 詩人 김지원

별 하나를 가슴에 안고

초판 발행일 / 2021년 4월 19일
지은이 / 김종분
발행처 / 뱅크북
출판등록 / 제2017-000055호
주소 / 서울시 금천구 가산동 시흥대로 123 다길
전화 / 02-866-9410
팩스 / 02-855-9411
email / san2315@naver.com
ISBN / 979-11-90046-22-0(03810)